AF368938

LE BAL,

Poème Moderne,

SUIVI DE POÉSIES,

PAR

Ulric Guttinguer.

Paris,

LADVOCAT, LIBRAIRE,

ÉDITEUR

DES ŒUVRES DE SHAKSPEARE, SCHILLER, BYRON, MILLEVOYE,

ET DES CHEFS-D'ŒUVRE DES THÉATRES ÉTRANGERS;

M DCCC XXIV.

Y

LE BAL,

POÈME,

SUIVI DE POÉSIES.

> Maintenant, ô mes vers, pareils aux hirondelles,
> Partez ; qu'un même but vous retrouve fidèles,
>   Et moi, pourvu qu'en vos combats
>   De votre foi nul cœur ne doute,
>   Et qu'une ame en secret écoute,
>   Ce que vous lui direz tout bas ;
> . . . .
> D'un œil moins désolé je verrai vos naufrages,
>
> V. HUGO (ODE I).

IMPRIMERIE DE H. FOURNIER,
Rue de Cléry, N° 9.

LE BAL,

POÈME MODERNE,

SUIVI DE POÉSIES,

PAR

Ulric Guttinguer.

PARIS,

LADVOCAT, LIBRAIRE

DE S. A. R. MONSEIGNEUR LE DUC DE CHARTRES,

AU PALAIS-ROYAL.

MDCCCXXIV.

Le Bal,

Poème.

LE BAL,

POÈME.

« Vous viendrez, mon ami ; ne me refusez pas !

« A nos danses du soir il faut que je vous voie :

« J'aime encor ces plaisirs ; pardonnez-moi ma joie ,

« Et de vos doux regards venez suivre mes pas.

« Tenez , voyez , Arthur , ces fleurs , cette parure ,

« Ces simples ornemens que vous avez choisis ;

« On dit qu'ils me font belle , et je m'en réjouis ,

« Mais à cause de vous , de vous seul , je le jure. — »

Mais lui , sombre et rêveur : O faible créature ,

« Remplissez vos destins, perdez dans les plaisirs

« Le rêve de l'amour et sa noble pensée ;

« Montrez-vous belle et fière à la foule insensée,

« Et de notre jeunesse éveillez les désirs,

« Allez, plus que d'aimer votre sort est de plaire,

« (Femme, un esprit funeste est toujours ton vainqueur!)

« Cédez-lui, j'y consens, laissez-moi solitaire,

« Je déteste le monde, et je vis dans mon cœur.

« Là, je vous crois fidèle, et vertueuse et tendre ;

« Quelque chose me dit que vous savez m'entendre,

« Et je suis fier de vous; mais dans ces tristes lieux,

« Où je n'ose chercher ni vos pas, ni vos yeux,

« Où je vois empressés, toujours pleins d'espérance,

« Ces rivaux, votre gloire et ma longue souffrance ;

« Troublé de vos attraits, du son de votre voix,

« Je vous crains, je vous hais, et je meurs mille fois. »

Faible, mais pure encore, et par ces mots glacée,

Emma ne répond rien ; seulement sa pâleur

Exprime à son ami la plainte et la douleur

D'une ame tout amour, par l'amour offensée.

Arthur frémit, s'indigne et maudit sa rigueur :

« O discours trop amers ! Prends pitié de ce cœur ! »

Et saisissant des mains que l'amour abandonne,

Il les couvre de pleurs et de baisers : « Pardonne,

« Pardonne des transports que je réprimerai :

« Emma, ne pleure pas ; à ce soir ; je viendrai. »

Il est parti. Tremblante, et quelque temps confuse,

Emma rêve à son tour, en soupirant s'accuse,

Interroge son cœur. Tant d'amour la confond,

Elle songe en silence à l'ascendant profond

Que sa tendresse a pris sur cette ame sévère ;

Mais distraite bientôt, et riante et légère,

Elle court à ses fleurs, contemple les atours

Qui doivent sur ses pas entraîner les amours,

Tout est simple, charmant, et la foule autour d'elle,

Ce soir, devant Arthur s'écriera : Qu'elle est belle !

Cependant la nuit vient. De feux étincelans

Brille le vaste hôtel où des chars élégans

Se pressent d'apporter cent beautés renommées.

A travers les lilas aux grappes embaumées,

Les buissons du Bengale et les pins toujours verts,

On les voit s'avancer. Leurs fronts blancs sont couverts

De pampres, de jasmins, ou des touffes de roses

Sous les doigts de *Nattier* nouvellement écloses;

Et les voix, les parfums répandent à l'entour

De doux pressentimens de triomphe et d'amour.

Triste, et cherchant l'appui de la rampe dorée,

Qui traverse rêveur cette foule enivrée ?

Qui sous un froid maintien qu'adoucit la bonté,

Cache un cœur plein de flamme, et d'amour tourmenté ?

C'est Arthur !.. Étranger aux pompes de la fête,

Il y porte un œil sombre, une humeur inquiète.

Un seul objet l'occupe, il n'ose le chercher ;

Il écoute, soupire, il craint de s'approcher :

Tout à coup il s'arrête. Une pure harmonie

Rend à son souvenir les airs de l'Ausonie ;

Airs divins, dont Pasta comprit tous les secrets,

Et qui du bal encore augmentent les attraits.

C'est par eux, de nos jours, que la danse ennoblie

Prend un parfum d'amour et de mélancolie,

Et, laissant quelquefois son antique gaîté,

Mêle à ses jeux brillans la tendre volupté.

Sans eux l'ame d'Arthur, et plaintive et souffrante,

Aux plaisirs de ce jour restait indifférente ;

Mais des sons aussi doux avec lui sont d'accord ;

Il renaît, se confie et s'avance, O transport !

Elle est là ! seule encor ! la danse commencée

A ses rêves d'amour un instant l'a laissée ;

Pensive, elle respire avec un doux soupir

Le bouquet dont Arthur se plut à l'embellir :

Elle a levé les yeux ! c'est lui ! bonheur suprême !

Et son regard lui dit : « Voyez si je vous aime !

« Je ne pensais qu'à vous ! que vous arrivez tard ! »

Et près d'elle sa main, comme par un hasard,

Se posant, lui montrait la place inoccupée;

Mais des plus doux momens l'espérance est trompée,

Et les groupes nombreux des danseurs agités

Entre les deux amans se sont précipités.

Parmi cette jeunesse élégante, animée,

Un homme plein d'éclat, fier de sa renommée,

Dont on vante en tous lieux la grâce, les talens,

L'adresse dangereuse et les défauts brillans;

Qui persécute Emma d'une poursuite vaine,

Près d'elle vient encore : il la suit, il l'entraîne.

Habile à profiter du tumulte des sens

Où nous plonge le monde en ces jours ravissans,

Quand les fleurs, les parfums, la parure et la danse,

De leurs nombreux périls assiégent l'imprudence,

Avec un art perfide il attaque le cœur

Dont il jure en secret d'être bientôt vainqueur.

D'un hommage éclatant, de tant de soins ravie,

La coquette orgueilleuse à son pouvoir se fie ;

Séduite par les traits de ce brillant esprit ,

Qui tour à tour plaisante , intéresse , attendrit ,

Elle s'anime encor par la défense même.

Quand on charme, qu'on plaît, se souvient-on qu'on aime ?

Hélas ! Arthur encor n'est pas sacrifié ;

Mais par ce faible cœur comme il est oublié !

Il fuit , et , traversant une foule agitée ,

Va cacher la douleur d'une ame révoltée :

Un boudoir s'offre à lui , réduit mystérieux ,

Où l'amour quelquefois évite tous les yeux ,

Et dans la solitude entraînant sa conquête ,

Pour échanger un mot se dérobe à la fête ;

C'est là que , poursuivi par un cruel destin ,

De la danse il écoute encor le bruit lointain ,

Qu'il devine les pas, les mots de l'infidèle ,

Qu'il jure de mourir ou de s'éloigner d'elle.

Bientôt le bruit s'appaise , et la danse a cessé.

Arthur respire enfin : tout à coup, empressé,

Un homme, sans le voir, entre dans son asile ;

C'est Belmon, son rival ! De fureur immobile,

Arthur l'observe et lit le triomphe en ses traits ;

Le fat après lui traîne un de ces indiscrets,

Des succès qu'ils n'ont pas admirateurs stupides,

Et du scandale impur interprètes perfides ;

C'est à lui que Belmon se confie en ces mots :

« Concevez mon bonheur ! l'auteur de tant de maux,

« Cette Emma si sévère, eh bien ! vous l'avez vue ?

« De mes tendres regards comme elle était émue !

« Que les siens étaient doux ! Je dois la voir demain,

« Elle me l'a promis en me pressant la main. »

Arthur sentit ses yeux se couvrir d'un nuage ;

Il se lève, il profère un effroyable outrage ;

C'en est fait, et les mots qu'on ne peut effacer

Que par du sang, Arthur vient de les prononcer.

« C'est moi que vous verrez, demain, avant l'aurore, »

Dit-il, et tout rempli du mal qui le dévore,

Il a quitté le bal pour n'y rentrer jamais.

Dans la foule pourtant c'est lui que tu cherchais,
Emma, ton cœur léger ne se sent pas coupable ;
Et ce sévère Arthur que l'apparence accable,
Est ton unique espoir, le besoin de tes jours,
Tu l'aimes ! Pourquoi donc l'affliges-tu toujours ?—
« Il est parti ! déjà ! Comment, sans me le dire,
« Sans m'avoir demandé mon adieu, mon sourire !
« Combien mon cœur gémit de l'avoir offensé !
« Mais craindre ce rival, Arthur, lui ! l'insensé,
« M'a-t-il pu méconnaître ! » Et toujours plus troublée,
D'un lieu vide pour elle elle s'est exilée.

Vainement empressé Belmon sur son chemin
Veut, plein d'un fol espoir, s'emparer de sa main ;
Avec quel froid dédain et quelle indifférence
Elle a du fat confus repoussé l'espérance !
Comme dans cet instant son mépris sait venger

Le cœur aimant et fier qu'elle vient d'affliger !

Sous son toit solitaire aussitôt retirée,

Elle a jeté les fleurs dont elle était parée,

Détesté son orgueil, et toute à ses douleurs,

Avec ses blanches mains caché ses yeux en pleurs,

Puis demandé sa couche, espérant que l'aurore

Amènera plutôt le pardon qu'elle implore.

Oh ! puisse le sommeil appaiser le tourment

Que jette dans son cœur un noir pressentiment !

Qu'un songe n'aille pas à cette ame glacée

Révéler le malheur dont elle est menacée.

Le sommeil est venu, mais douteux, agité,

Et des scènes du bal sans cesse tourmenté.

« Dieu ! comme le jour tarde à mon impatience,

« Lui seul, ô mon Arthur, me rendra ta présence,

« Dès que j'aurai parlé tu me pardonneras,

« Du mal que je t'ai fait tu me consoleras,

« Et je vivrai pour toi, toi seul feras ma vie ;

« Le monde et ses plaisirs n'ont plus rien que j'envie,

« Ils t'ont fait trop souffrir ! C'est toi seul que je veux ! »

Et le jour la surprend se livrant à ces vœux.

Il est tard , et l'airain qui règle les demeures

A ses sens étonnés fait entendre neuf heures !

Un message est venu : « Donnez-le — c'est de lui !

Pourquoi ne vient-il pas lui-même ? Elle a pâli. —

« Adieu, ma tendre Emma , ma blessure est mortelle,

« D'un injuste soupçon, grand Dieu , tu me punis,

« Je ne vous verrai plus ; mais vous m'êtes fidèle ,

« Mon rival me l'a dit , adieu , je vous bénis. »

Oh ! qui peindra d'Emma le supplice et les larmes !

Dans la douleur bientôt s'éteignirent ses charmes,

Quand déjà la raison avait fui ses esprits.

Bientôt sur une tombe on lut ces mots écrits :

« Du remords et des pleurs le trépas nous délivre ,

« J'avais pu l'affliger, je n'ai pu lui survivre.

FIN DU POÈME.

Le
Lendemain.

Parisina, ton rêve est-il bien légitime?

LORD BYRON.

3.

Parisina, ton rêve est-il bien légitime ?

Lord BYRON.

LE LENDEMAIN.

Quelle nuit ! quel réveil ! hélas ! je suis perdue !

Dans l'abyme avec toi me voilà descendue,

Et j'ai trahi l'hymen et ma gloire et l'honneur !

Est-on si criminelle en faisant ton bonheur ?

Non. — Et je crois sentir, espérance imprévue,

Un voile sur mon ame, un bandeau sur ma vue;

Le désespoir, ami, n'habite pas mon cœur,

Je pleure, mais d'amour, d'ivresse, de langueur;

J'attendais le remords qui trouble, qui dévore,

Mais la vertu n'est plus et la paix reste encore...

La paix après le crime ! ô ciel ! révèle-moi

Pourquoi ce cœur coupable est pourtant sans effroi !

Car je n'ai pas, perverse entre les plus maudites,

Franchi du déshonneur les dernières limites.

Oh ! non, tu te souviens combien j'ai combattu,

Tes chagrins t'ont appris si j'aimais la vertu !

Hélas ! à ses autels j'avais promis ma vie.

De quels funestes vœux l'as-tu donc poursuivie ?

De mes jours innocens qui m'a ravi l'espoir ?

Qui m'a de mourir pure enlevé le pouvoir ?

Ce n'est pas du plaisir la honteuse espérance,

Ce n'est pas ton regard, ta voix... c'est ta souffrance,

Ce sont tes yeux éteints, tes traits pâles, flétris,

Où je voyais ta mort et mes regrets écrits.

J'avais de tes fureurs conjuré les orages,

Mon cœur, sûr de t'aimer, défiait tes outrages ;

Mais lorsque résigné tu vins à notre amour

Annoncer, faible et triste, un exil sans retour ;

Quand tu glaças mon cœur d'un effrayant silence,

Lorsque j'eus mis enfin dans la même balance

Tes pleurs ou mes dangers, ma honte ou ton malheur,

J'acceptai du remords l'éternelle douleur.

Hélas ! sans succomber pouvais-je donc me dire :

L'être qui m'est si cher s'enfuit pour me maudire ;

Il dira que j'ai fait le malheur de ses jours,

Qu'un misérable cœur en suspendit le cours,

Et dans le souvenir de son ame offensée,

Avec des noms affreux gravera ma pensée ;

Heureuse, heureuse encore après tant de combats,

Si d'un calcul infâme il ne m'accuse pas,

Je ne l'ai pas voulu, mon Dieu, voilà mon crime ;

Il est grand, sans pardon... eh bien ! prends ta victime.

Quel est le châtiment de ce crime odieux ?

Ai-je perdu la terre, ai-je perdu les cieux ?

Dois-je voir en tous lieux ma honte proclamée ?

Près des êtres impurs suis-je déjà nommée ?

Dois-je trembler, pâlir, au sourire moqueur

Du méchant dont le mot vient de chercher mon cœur ?

J'accepte tout. Mais toi, pour qui je sacrifie

Et ces jours passagers, et l'éternelle vie,

Arbitre de mon sort ; j'ai vu briller tes yeux

D'un amour dont les mots étaient délicieux ;

L'accent de ton bonheur a rafraîchi mon ame,

Ton bonheur est si doux ! il épure ma flamme,

C'est par lui qu'aujourd'hui s'appaise le tourment

Qu'apporte dans ma vie un si grand changement.

Je ne t'entendrai plus soupçonner ma tendresse,

Tout m'abandonnera, mais j'aurai ton ivresse,

Et cet heureux sourire, et ces divins instans,

Qu'il faut te l'avouer, j'ai rêvés si long-temps.

Si pour ma faute, hélas ! le monde est inflexible,

Je me réfugierai dans ton ame sensible,

Là sera mon appui, là tu me béniras,

Et tu ne diras plus que je ne t'aime pas.

Le Lendemain.

Seras-tu plus heureux du moins, es-tu content? --
Plus triste que jamais.

Le Comte ALFRED DE VIGNY. (Éloa.)

Seras-tu plus heureux du moins , es-tu content ? —
Plus triste que jamais.

LE COMTE ALFRED DE VIGNY. (ÉLOA.)

LE LENDEMAIN.

Bonheur, tu m'as trompé. Non, tu n'es pas encore
Dans les mots échappés des lèvres qu'on adore,
Dans ce dernier transport où j'ai cru te saisir,
Où tu m'as échappé vain, comme le plaisir.

Pourtant, par ce regard mon ame était comblée;
Elle est vide aujourd'hui, d'elle-même accablée;
Son destin est complet, il ne lui suffit plus !
O misérable cœur qu'irritent les refus;
Que le bonheur fatigue et qu'il désintéresse !
Doux parfums de l'espoir, rêves de la tendresse,
Vous fuyez ! De l'amour chaste et mystérieux
Le nuage est déjà remonté dans les cieux;

Les ennuis, les besoins reviennent dans ma vie,

Par de nouveaux désirs je la veux poursuivie;

Dans ce sort accompli, monotone en son cours,

Je m'irrite déjà de voir languir mes jours...

 Ah! plutôt, rendez-moi la flamme qui dévore,

Les rigueurs, l'espérance, et les rigueurs encore,

Et mes nuits sans sommeil; plutôt le désespoir,

Que ce néant du cœur que je n'ose entrevoir;

Venez, terreurs, dangers, c'est vous, vous que j'appelle.

Oh! si tu m'entendais, toi si tendre, si belle,

Il te faudrait mourir, car c'est à mon bonheur,

Après tant de combats, que s'immolait l'honneur!

Eh! bien, il est stérile, un si grand sacrifice!

Que n'as-tu sans pitié prolongé mon supplice?

Pourquoi jusqu'à ma mort n'as-tu pas combattu?

Je n'ai pas le bonheur, tu n'as plus la vertu.

ÉLÉGIE I.

ÉLÉGIE I.

Le besoin du bonheur existe dans votre ame,

Et malgré vos efforts pour étouffer sa voix,

Peut-être, jeune Emma, songez-vous quelquefois

Qu'égarée en ce monde, un cœur vous y réclame.

Le mien volait vers vous, il vous avait compris.

Comme il vous bénissait de deviner ses peines !

Fier de votre amitié, de votre grâce épris,

Tout brisé de ses fers, il implorait vos chaînes.

Et vous ! ah noble Emma , craignez votre pitié ,

Votre innocente main presse une main coupable,

Vous dites vainement le doux nom d'amitié ;

D'un sentiment si pur mon cœur n'est plus capable.

Si jamais vous savez combien les passions

De leurs cruels besoins troublent mon existence ,

Détrompée à jamais de vos illusions ,

Vous haïrez un cœur si loin de l'innocence.

Fuyez-moi , fuyez-moi , si j'allais vous aimer !

Songez-vous au malheur répandu sur ma vie ,

Vous voyez-vous partout de mes chagrins suivie ,

Vous voyez-vous forcée à ne plus m'estimer ?

Vous ne me craignez pas , vous confiant sans doute

Au touchant ascendant d'un vertueux pouvoir ;

La raison sait des mots que la tendresse écoute,

Et je les lui dirai, pensez-vous?... vain espoir!

Écoutez, hier encor, cette belle nature,

Ces arbres frissonnans, ces tilleuls embaumés;

Cette nuit qui survint, mystérieuse et pure,

Ces flots où s'arrêtaient vos jeunes yeux charmés,

Tout devait m'enivrer d'une innocente joie

Je le croyais ainsi, je l'avais espéré.

Eh bien! d'un trouble affreux mon cœur était la proie,

De coupables désirs il était dévoré.

Il fallait te voir seule, être seul à t'entendre,

Suivre seul dans les fleurs la trace de tes pas,

Échauffer tes regards du regard le plus tendre,

Te montrer notre ciel et tomber dans tes bras.

Tu m'entends, tu frémis, tu détournes la vue,

Tes mains en s'unissant ont invoqué ton Dieu,

Que peux-tu craindre encor, mon ame t'est connue,

Tu ne me verras plus.... ne me hais pas. Adieu.

ÉLÉGIE II.

Un ange sur mon cœur ploie aujourd'hui ses ailes.
V. HUGO.

Un ange sur mon cœur ploie aujourd'hui ses ailes.

V. HUGO.

ÉLÉGIE II.

L'AMITIÉ.

Oui, je me fie à vous, oui, soyez mon amie,

A cet hymen du ciel je vais me préparer.

Dans la route du bien par vos soins affermie,

Mon ame avec la vôtre est près de s'épurer.

Quoi! ces rêves confus où le regret me plonge,

D'un bonheur que j'implore étaient le vague espoir!

Ces doux pressentimens n'étaient pas un mensonge;

Les cieux s'ouvrent enfin, enfin je vais les voir!

Que de fois , parcourant des routes incertaines ,

Égarant dans la nuit mes pas silencieux ,

J'ai cru sentir en moi , j'ai cru voir dans les cieux ,

Qu'un ange s'apprêtait à consoler mes peines !

Je lui donnais vos traits , votre voix et vos yeux ;

Je touchais son front pur , j'entendais ses promesses ,

Dans mes tremblantes mains je pressais ses cheveux ,

Et de son doux regard j'implorais les caresses.

Alors il s'éloignait , rempli d'un saint effroi ;

Pour remonter au ciel il déployait ses ailes ,

Disant : « Je crains le monde et ses vœux infidèles,

« Fils de la terre, oh ! parle , es-tu digne de moi ! »

Par ces mots solennels je me sentais confondre ;

Je retirais ma main prête à donner sa foi ;

Puis une intime voix me tentait de répondre :

« Ange , oui , mon amour m'élève jusqu'à toi. »

Mon amour ! ah ! ce mot jette dans la pensée

Des erreurs du passé le triste souvenir ;

Mais que votre candeur n'en soit point offensée,

L'amour qui vient de vous répond de l'avenir.

De leurs secrets penchans, de leurs voix, de leurs ames,

Il révèle aux mortels les besoins et l'accord ;

Il dit qu'ils sont ravis par le même transport,

Qu'ils sont pour la vertu brûlés des mêmes flammes ;

Qu'ils ont pour le malheur une égale pitié,

Que leurs chagrins seront les mêmes sur la terre,

Qu'enfin ce sentiment est, par un doux mystère,

Moins brûlant que l'amour, plus doux que l'amitié.

ÉLÉGIE III.

ÉLÉGIE III.

Condamné par le sort à vivre loin de vous,
A presser rarement votre main bien-aimée,
Je me me disais : « Cherchons quelque secret bien doux,
« Par qui, durant l'exil, mon ame soit charmée.

J'ai parcouru les lieux embellis par vos soins,
J'ai vu les prés, les bois, le ruisseau, le bocage
Où vous rêvez d'amour, et j'ai de mes chagrins
Sinon chassé, du moins éclairci le nuage.

De ma pensée au moins j'accompagne vos pas,

Je suis sur les gazons votre marche agitée ;

Sous vos arbres en fleurs je vous vois arrêtée,

Pensive, et vos soupirs ont murmuré tout bas :

« Viens, ô mon bien-aimé, j'ai pour toi des caresses,

« J'ai retenu les mots de ta bouche exhalés ;

« Mon destin s'accomplit, je crois à tes promesses ;

« J'ai rêvé que tes vœux seraient bientôt comblés.

« Viens, le ciel est à nous, qu'avec toi je l'admire ;

« Car cet air, ces parfums que de lui je reçoi,

« Si tu n'arrives pas, je m'en vais les maudire,

« De si grands biens, ami, c'est du malheur sans toi. »

C'est ainsi, je le crois, que, forte de l'absence,

A de tendres projets vous livrez votre cœur ;

C'est ainsi que le soir, à l'heure du silence,

Pour l'amant éloigné vous êtes sans rigueur.

Touchante illusion, consolante chimère.

Jusqu'auprès d'elle, hélas! il faut vous regretter ;

Car en la revoyant je la trouve sévère,

Car dès que je lui parle elle sait résister.

O toi, par qui l'amour est rentré dans ma vie,

O toi, par qui mon cœur s'est senti ranimer ,

Tu ne peux refuser à mon ame ravie

L'espoir de t'attendrir, la douceur de t'aimer.

Des fautes du passé je sens que tu t'allarmes ,

Tu le dois, il est vrai. J'ai marqué tous mes pas

Par de tristes erreurs ; j'ai fait couler des larmes ,

Mais tu les venges trop en ne m'estimant pas.

Ma vie a bien changé. Le repentir s'avance ,

Je ne songe au passé qu'avec un triste effroi ;

Le calme reparaît , peut-être l'espérance ,

Et le bonheur aussi , mais s'il me vient de toi.

La Dévote,

Romance.

LA DÉVOTE,

ROMANCE.

Toi seul, ô Dieu, remplis mon ame;

Mais je confesse à ton autel,

Que le trouble d'une autre flamme

Me vint du regard d'un mortel.

J'accours m'en accuser moi-même,

Et réclamer ton saint appui.

Ah ! ne permets pas que je l'aime,

Mais laisse-moi prier pour lui.

Sois heureux, ange de la terre,

Et du péché toujours vainqueur,

Vis innocent et solitaire,

Mon cœur seul méritait ton cœur.

Ton nom, jusqu'à l'heure suprême,

Dans mon ame sera béni....

O Dieu, ne crois pas que je l'aime,

Mais je peux bien prier pour lui.

Le ciel, dans une autre patrie,

Promet de nous unir un jour ;

Alors, à mon ame attendrie

Il accordera ton amour ;

Ton amour !. . ô bonté suprême,

Je pourrais l'avoir aujourd'hui...

Mais Dieu ne veut pas que je l'aime ;

Paix, mon cœur, et prions pour lui.

Mais dans cette chapelle obscure,

Là-bas, c'est bien lui que je voi.

O douceur ineffable et pure !

Il sert le même dieu que moi.

Ses yeux, remplis d'un trouble extrême,

Des miens semblent chercher l'appui....

C'est Dieu qu'il faut que son cœur aime,

Il s'égare... ah ! prions pour lui.

Méditation.

MÉDITATION

INSPIRÉE

PAR LA XVe ÉTUDE DE KALBRENNER.

A MADAME F....

Ah! ne me quittez pas, laissez, laissèz encore
Errer vos blanches mains sur l'ivoire sonore !
Redites ces accords, entre tous préférés,
Que l'amour au génie a sans doute inspirés.

MÉDITATION.

Doux comme les accens de la beauté qu'on aime,

Ils font rêver le cœur enivré de lui-même,

Rappellent du passé les secrets, les plaisirs,

Et les illusions et les vagues désirs.

Adorable pouvoir, c'est le ciel qui t'envoie;

Et vous qui me créez cette innocente joie,

Apprenez tous les biens que vous m'avez rendus,

Enchantemens du cœur que je croyais perdus.

Oui, pendant qu'a duré cette pure harmonie,

J'ai goûté les transports d'une ame rajeunie,

Un Dieu versait l'oubli de toutes les douleurs,

Je rêvais de parfums, de femmes et de fleurs;

Des ombres me touchaient, leur voix mélodieuse

Annonçait d'un beau soir l'heure mystérieuse,

M'appelait, moi pensif qui détournais les yeux,

Pour me montrer du doigt des fêtes dans les cieux.

Comme je m'éloignais tremblant à leur approche,

Une d'elles disait : « Ne crains pas le reproche,

« Ami, j'ai vu le ciel, et n'ai de souvenir

« Que celui dont le cœur a besoin pour bénir. »

Puis, tenant des discours où mon ame ravie

Retrouvait tous les mots qui charmèrent ma vie,

Ces esprits immortels de leurs divines voix

Accompaguaient les sons qui naissaient sous vos doigts,

Ils disaient l'innocence à ma voix endormie,

Les combats, le regard de la première amie,

Et les chastes regrets, et le timide vœu,

Et d'un cœur ingénu l'involontaire aveu.

Bientôt ces purs esprits de leur belle patrie

Ont repris le chemin. Dans mon ame attendrie

Je conserve à jamais l'accord mélodieux,

Et la note plaintive annonçant leurs adieux.

Leur troupe dans le ciel s'était évanouie,

Le charme s'arrêtait avec votre harmonie;

Pour l'écouter, en foule ils étaient accourus,

Vous cessiez vos accords, ils étaient disparus.

Le Chêne

et le Chèvrefeuille.

LE CHÊNE

ET LE CHÈVREFEUILLE,

FABLE.

Cette fleur modeste et sauvage,

Habitante des bois, parure des jardins,

Qui tantôt s'enlace au treillage,

Tantôt se suspend au feuillage,

Et de l'humble passant embaume les chemins;

Dont la branche agile et fleurie,

Comme l'Amour, charme et besoin du cœur,

Se montre au mortel voyageur

Dans l'étroit sentier de la vie ;

Le Chèvrefeuille, enfin, de ses légers anneaux

Pressait le feuillage d'un chêne.

« Laisse-moi, disait-il, autour de tes rameaux

« Former une amoureuse chaîne. »

« — J'y consens, dit l'arbre des Dieux ,

« Mais je te plains , tu ne pourras me suivre,

« Regarde, mon front touche aux cieux,

« Et sur la terre il te faut vivre. »

« — Que tu me connais peu ! répondait l'arbrisseau.

« Aussi faible que le roseau,

« Du ciel pourtant j'ai reçu la puissance

« De choisir et d'aimer, accepte mes liens ,

« Vois, mes bras s'unissent aux tiens ,

« Ma tige, comme toi , s'élance. »

Et bientôt le chêne surpris

Voit la guirlande au-dessus de sa tête

Retomber en festons fleuris,

Et de l'arbuste annoncer la conquête.

Les échos, sur la fin du jour,

Disaient dans un chant de victoire :

« Mortels, le ciel a fait l'amour

« Pour embellir et consoler la gloire. »

Adieux

D'Eudore à Cymodocée.

Fille d'Homère, mon Dieu est le Dieu des ames tendres, l'ami de ceux qui pleurent, le consolateur des affligés.

CHATEAUBRIAND. (LES MARTYRS , Liv. XV.)

Fille d'Homère, mon Dieu est le Dieu des ames tendres,
l'ami de ceux qui pleurent, le consolateur des
affligés.

CHATEAUBRIAND. (LES MARTYRS , Liv. XV.)

ADIEUX

D'EUDORE A CYMODOCÉE.

(Les Martyrs, Liv. XV.)

Songez à votre époux, ô ma Cymodocée,
Et le soir, quand la mer mollement balancée
Expire sans fureur aux pieds des matelots,
Venez rêver d'Eudore en regardant les flots.

Il faut partir. La nuit descend sur les rivages;
La brise parfumée a chassé les nuages;
Et la lune aux flots purs fait réfléchir les cieux.
Présentez votre front au baiser des adieux.

Partez, Cymodocée, une nouvelle vie

Vous attend près du Dieu que vous allez chercher;

A d'indignes autels que votre ame ravie

Du regard éternel se laisse enfin toucher !

Il vous sera permis alors, ô sainte joie,

D'unir l'amour à Dieu, les vertus aux transports;

Car il répand sur ceux qui marchent dans sa voie

Un bonheur sans regrets, des plaisirs sans remords.

Ange aux cieux dérobé, que votre ame revienne

Au Dieu qui la créa pure comme un beau jour,

Jeune épouse d'Eudore, allez, soyez chrétienne,

La grâce ajoute encor des trésors à l'amour.

TABLE.